Monica Antonella Sabella

La verità

Youcanprint *Self-Publishing*

Titolo | La verità
Autore | Monica Antonella Sabella
ISBN | 978-88-92667-68-6

Immagine di copertina di Concetta Borlizzi Sabella

Youcanprint Self-Publishing
Via Roma, 73 - 73039 Tricase (LE) - Italy
www. youcanprint.it
info@youcanprint.it
Facebook: facebook. com/youcanprint.it
Twitter: twitter. com/youcanprintit

I Capitolo

«Tira in alto, Simona!» disse Fara. Erano sulla spiaggia a giocare a pallavolo. Simona si sdraiò sulla sabbia:

«Sono stanca» disse.

Fara si mise a ridere: «Ti stanchi facilmente, su pigrona!» rispose.

«Ragazze, rientrate a casa, è pronto» disse la madre. Fara e Simona erano gemelle, erano in vacanza alla casa di proprietà dei nonni materni, in Sardegna. Miriam al primo anno di università aveva conosciuto un ragazzo, Gabriel, incominciarono a frequentarsi e rimase incinta. Quando Miriam disse a Gabriel che era incinta, Gabriel le rispose che aveva solo vent'anni, che voleva solo divertirsi. In poche parole non voleva responsabilità. Miriam decise di portare avanti da sola la gravidanza, con l'aiuto dei suoi genitori, dopo la laurea in giurisprudenza, diventò un affermato avvocato. Simona e Fara avevano ormai ventuno anni, frequentavano il terzo anno di giurisprudenza. Nonostante Simona e Fara, fossero gemelle, erano diverse di carattere, Simona era più tranquilla come ragazza, Fara era un uragano di ragazza, non stava mai ferma.

«Simona, Fara, è pronta la cena» disse la nonna. Fara correva avanti e Simona come al solito la seguiva con molta calma.

«Nonna, cosa hai preparato di buono?» disse Fara.

«Delle verdure grigliate e l'arrosto» rispose la nonna.

«Mamma, quando farai l'udienza di quella bambina stuprata?» chiese Fara.

«La prossima settimana, Fara, perché me lo chiedi?» disse Miriam.

«Io e Simona, possiamo assistere al processo?» chiese Fara.

«Devo chiedere, vedo quello che posso fare!» disse Miriam.

«Tu parli anche per me Fara?» disse Simona.

«Simona, io e te diventeremo degli avvocati e quindi dobbiamo assistere» disse Fara.

«Fara, io non me la sento di assistere a un processo di quella povera ragazzina di dodici anni!» disse Simona.

«Scusa Simona, a meno che tu non voglia cambiare professione, devi metterci la testa, non il cuore.»

«Mangiate ragazze, non litigate!» disse la nonna. Terminata la cena Simona aiutò la nonna a riordinare in cucina.

«Fara, che ne diresti di parlare con tuo padre?» disse Miriam.

«Mamma, non ricominciare, lui ci ha abbandonate, non è nostro padre!» urlò Fara e raggiunse sua sorella in cucina.

«Mamma, cosa è successo a Fara? Sbatte le stoviglie, e borbotta!» disse Simona.

«Simona, ho chiesto a Fara di riallacciare il rapporto con vostro padre!» disse Miriam sospirando.

«Non so, mamma, da dove ti esca tanta clemenza per quella specie di essere che dici essere nostro padre!

Mio padre è mio nonno, come lo è anche per Fara!» gridò Simona battendo un pugno sul tavolo.

«Simona, almeno tu!» disse con un filo di voce Miriam. Squillò il telefono, rispose la nonna: «Ciao Teresa, sono Gabriel, potrei parlare con Miriam?» disse Gabriel. Teresa senza rispondere passò il ricevitore del telefono a Miriam.

«Pronto chi è?» chiese Miriam guardando sua madre.

«Sono Gabriel, so che non sono ben visto dalla tua famiglia, ma almeno un buongiorno da parte di tua madre» disse Gabriel.

«Dimmi Gabriel, non puoi pretendere di essere ben accetto, quando tu non hai voluto mai saperne né di me né delle tue figlie!» disse Miriam.

«Lo so Miriam, ho sbagliato ero così giovane, datemi un'altra possibilità!» disse Gabriel.

«Gabriel, ho cercato di parlare con le ragazze ma non vogliono sentirti nemmeno nominare!» disse Miriam.

«Miriam, ti avevo chiamata anche per un'altra cosa, volevo dirti che il processo è lunedì, e ci sarò io come giudice.»

II Capitolo

Fara e Simona accompagnarono Miriam in tribunale, alle nove in punto iniziò l'udienza, la ragazzina era accompagnata dalle assistenti sociali; era una ragazzina minuta con i grandi occhioni neri spaventati. Lo stupratore era un uomo di quarant'anni, con la barba, alto e grassottello che solo a guardarlo faceva schifo, pensò Fara.

«Il giudice è Gabriel Simona!» disse Fara. Simona guardò sua madre: «Mamma, lo sapevi?» chiese arrabbiata Simona.

«Simona, per favore non è il momento! Devo concentrarmi, e devo stare tranquilla!» disse Miriam.La bambina svenne in aula, dovettero fermare l'udienza e chiamare un medico.

«Forse, sarebbe meglio che Susan non venisse più alle udienze, psicologicamente è distrutta!» disse Miriam che era l'avvocato di Susan. Si sentì un gran vociare, l'avvocato dello stupratore che parlava con il giudice, Miriam si avvicinò, e sentì dire dall'avvocato del signor Brown Ian che la ragazzina lo provocava, aveva su una minigonna cortissima, era mezza nuda.

«Mi ha provocato, non è una ragazzina ingenua come sembra, è una provocatrice disinibita, è una poco di buono.» disse Ian.

«Questo è troppo!» disse Fara «Come fa Gabriel a non fermarlo, io sto veramente male a sentire queste cose» continuò.

«Io te lo avevo detto, Fara, di non venire ad assistere a questo processo, è troppo forte per il mio povero e giovane cuore!» disse Simona. Gabriel fece interrompere l'udienza poiché era troppo sentire parlare così di una ragazzina.

«Rimandiamo l'udienza a domani alla stessa ora» disse Gabriel. Gabriel si fermò a parlare con Miriam.

«Ciao Miriam, dove sono le ragazze?» chiese Gabriel.

«Siamo qui» rispose incupita Fara.

«Cosa vuoi da noi? Gabriel giusto?» disse Simona.

«Come siete belle, me l'avevano detto, ma non immaginavo tanta bellezza!» disse Gabriel.

«Quante smancerie! Pensi di comprarci con i complimenti? Hai sbagliato di grosso, mio caro!» disse Fara.

«Non pretendo che voi mi accettiate subito, ma almeno un po' di educazione!» disse Gabriel.

«Sentilo Simona! Non pretendo che mi accettiate! Povero illuso! No, non lo pretendere, perché noi non ti accetteremo mai!» disse Fara prendendo Simona per un braccio e trascinandola via dall'aula.

«Che caratterino!» disse Gabriel.

«Mi ricorda qualcuno!» disse Miriam.

III Capitolo

Nei giorni successivi, Fara e Simona evitavano Miriam, erano troppo arrabbiate. Una sera a cena Miriam le affrontò.

«Cosa c'è ragazze? Siete arrabbiate con me?» disse Miriam.

«Lo chiedi pure?» disse Simona.

«Gabriel ha sbagliato, ma chiede un'altra possibilità, si concede sempre un'altra possibilità!» disse Miriam.

«E chi lo dice, che si deve concedere una seconda possibilità?» disse Fara.

«In tutti questi anni dov'era questo Signore!» disse Simona.

«Quando eravamo ammalate, agli incontri scuola famiglia, ai nostri compleanni!» disse Fara.

«Lo so ragazze, però pensateci» disse Miriam.

«Non si è sposato, non ha altri figli? Sicuramente ha altri figli in giro per il mondo, sarà un donnaiolo!» disse Fara.

IV Capitolo

Una sera Simona e Fara, furono invitate alla festa di compleanno di Silvia, una loro amica di Università. Miriam le accompagnò alle 21, alla villa di Silvia con una grande piscina e un enorme giardino. Era settembre, ed era una bella serata, gli ospiti stavano tutti intorno alla piscina. Simona e Fara andarono al bar a prendere da bere, c'era un complesso che suonava canzoni anni sessanta, c'era una bella atmosfera.

«Ciao Fara, ciao Simona, vi presento mio fratello Alberto e mio cugino Manuel» disse Silvia lasciandoli da soli per andare a salutare delle ragazze appena arrivate. Fara si allontanò con Albert , mentre Simona rimase con Manuel , il ragazzo era già un affermato avvocato ,avevano molte cose in comune. Silvia li raggiunse e vedendoli parlare animatamente , chiese a Manuel se Simona gli avesse raccontato di essere la figlia di Gabriel Smith. " Simona , tu sei la figlia del giudice di ghiaccio ? chiese Manuel . Simona senza rispondergli chiamò Fara dicendole di andare via perché le era venuta una forte emicrania. Simona a casa raccontò tutto alla sorella , " Fara perché Gabriel è soprannominato il giudice di ghiaccio ? chiese Simona , " Forse perché sanno che ci ha abbandonato ! disse ridendo Fara. Simona è ora di dormire, domani dovete andare all'università!» disse Miriam. Fara e Simona dormivano insieme in un lettone grande e si addormentarono abbracciate.

Miriam era in ritardo, doveva affrettarsi, aveva un incontro con i genitori di Susan e con le assistenti sociali, era passata con il rosso, per poco non andava a sbattere contro un camioncino, l'autista del camioncino spinse con la mano sul clacson: «Signora, stai dormendo? Per poco non ci ammazziamo!» imprecò il ragazzo del camioncino.

«Esagerato!» disse Miriam che premeva il piede sull'acceleratore, un altro semaforo rosso, questa volta frenò ma all'ultimo momento e andò a sbattere contro una Ferrari.

«Oh Signore! Mi mancava l'incidente questa mattina» imprecò Miriam.

«Signora, ma dove stai con la testa? Guarda come hai ridotto la mia macchina!» disse un uomo sulla quarantina scendendo dal Ferrari.

«Mi scusi, sono in ritardo al lavoro!» disse Miriam.

«Non so che farmene delle sue scuse» grignò l'uomo.

«Senta, risolviamo tutto con le assicurazioni! Non si arrabbi!» disse Miriam.

«Questa macchina era appena uscita dalla concessionaria cara signora, e mi è costata un occhio della testa, non so se riuscirai a pagarmela con la tua assicurazione!» disse guardando la macchina di Miriam che era una semplice utilitaria, una Meriva.

«Ma chi credi di essere! Sarai uno di quei ricchi figli di papà, che guarda la gente dall'alto in basso!» disse Miriam.

«Tranquillo le pago i danni, però ora io dovrei proprio andare, sono in ritardo al lavoro!» disse Miriam.

«Senta signora, non solo sbatte sulla mia macchina, mi insulta anche!» disse l'uomo.

«Molto bello ma arrogante» disse ad alta voce Miriam.

«Senta, io non vado in cerca dei suoi complimenti, sbrighiamoci, anch'io avrei da fare!» disse l'uomo.

«Forse, mi scusi, lei è l'autista di qualche ricco!» disse ancora Miriam. «Dica al suo padrone che pagherò tutto» disse Miriam e gli diede un suo bigliettino. Arrivò in tribunale con quasi un'ora di ritardo, Gabriel era arrabbiato.

«Miriam, i genitori di Susan si sono innervositi, sono due persone disagiate, che fanno ancora oggi uso di sostanze stupefacenti, immagina un po' cosa abbiamo dovuto fare per trattenerli!» disse Gabriel.

«Scusa Gabriel, è stata una mattina di quelle da dimenticare» disse Miriam che si avviò verso la stanza dove c'erano i genitori di Susan ad aspettarla.

«Scusate il ritardo» disse Miriam.

«Signora la stiamo aspettando da più di un'ora, crede che solo lei ha da fare?» disse con una voce cantilenante il padre di Susan.

«Susan non doveva vestirsi in quel modo, se non voleva che le saltassero addosso» disse la madre di Susan con una sigaretta in bocca.

«Spenga quella sigaretta!» disse Miriam.

«Va bene signora, allora si sbrighi!» disse il padre di Susan.

«Cosa vorrebbe dire, che è stata sua figlia a provocare? A quell'età si vestono tutte così, stiamo scherzando!» disse Miriam.

«Signora, lei non ha nessun tipo di problema! Ha avuto la vita semplice, noi viviamo in un quartiere malfamato, e non arrossisca, per vivere le nostre donne già da ragazzine si prostituiscono, e gli uomini vanno a rubare o a spacciare!» disse il padre di Susan.

«Susan vuole andare a scuola, da grande vorrebbe fare l'avvocato» disse la madre ridendo.

«Un avvocato! Non so chi le abbia messo queste strane idee in quella testolina stupida!» aggiunse il padre di Susan.

«Ho sentito abbastanza, voi non siete genitori, siete dei mostri!» disse Miriam «Ma perché fate figli? Ci sono tanti metodi anticoncezionali!» continuò.

«Anche quelli costano, e poi forse è più bello farlo senza preservativo!» disse il padre di Miriam.

«Signora, comunque lei mi fa la predica, e lei che ha due figlie senza aver dato loro un padre! Il padre è il giudice di ghiaccio, giusto?» disse la madre di Susan con una risata nauseante.

«Come vi permettete, la mia vita privata non vi deve riguardare! Farò di tutto per togliervi Susan, ve lo assicuro! Sentirete parlare dell'avvocato di ghiaccio!» disse Miriam battendo un pugno sul tavolo.

V Capitolo

Suonarono alla porta e andò Fara ad aprire, era un signore alto con gli occhi e i capelli scuri. "Molto bello" pensò Fara.

«Buongiorno, cerco la signora Miriam, sono Nicholas Friendly.»

«Prego, si accomodi, mamma non è ritornata da lavoro, è ancora in tribunale. Lei è un cliente della mamma?» chiese Fara. Nicholas. non fece in tempo a rispondere che entrò Simona.

«Che macchina c'è fuori Fara? È una Ferrari nera, wau! Peccato che dietro ha una ammaccatura!» disse Simona.

«Sì, Simona la macchina è del Signor Nicholas Friendly! Sta aspettando la mamma!» disse Fara.

«Buongiorno, sta aspettando la mamma per quella botta che le hanno fatto a quella macchina stupenda? Chi è stato quel deficiente a ridurgliela cosi ? » disse Simona.

«Vedrà, la mamma è uno dei migliori avvocati!» disse Fara.

«Fara, Simona, che giornataccia ho avuto oggi! Sono arrivata quasi un'ora di ritardo, sono passata con il rosso e per poco non mi ammazzavo, poi ho frenato all'ultimo momento e ho sbattuto su una Ferrari. E non è finita, l'autista era arrabbiato con me e mi ha fatto perdere altro tempo, un arrogante di un uomo!» disse

Miriam mentre si toglieva i tacchi all'entrata e si massaggiava i piedi gonfi e doloranti. «Ragazze ma dove siete? Avete sentito quello che vi ho appena raccontato? Fara, Simona…?» disse Miriam.

«Mamma, sì abbiamo sentito! Lui è il signor Nicholas Friendly!» disse Fara rossa in viso.

«E chi sarebbe Nicholas Friendly? Non mi sembra di conoscerlo!» disse alzando la testa Miriam, che era piegata a massaggiare le gambe doloranti. «Oh Signore! Lei? Ma è la mia persecuzione!» disse Miriam.

«Salve, Miriam giusto? A quanto vede Simona, ecco la deficiente che ha sbattuto sulla mia macchina!» disse Nicholas.

«Come si permette a chiamarmi in quel modo?» disse arrabbiata Miriam. «E poi, senta. vorrei parlare direttamente con il proprietario della macchina, non voglio più parlare con lei Nicola , e poi sono stanca!» disse Miriam.

«Io mi chiamo Nicholas, e poi Miriam le vorrei dire che io sono il proprietario della macchina!» disse Nicholas.

«E io sono la principessa Diana!» disse Miriam sarcastica.

«Io non so se lei è la principessa Diana, ma io sono il proprietario della macchina!» disse con tono arrabbiato Nicholas.

Miriam, senza le sue scarpe alte davanti a quell'uomo così alto, si sentì perdere la sua autorità, e infilò i piedi nelle sue scarpe.

«Senta Nicholas, io sono stanca, e non ho voglia di stare ad ascoltare un autista terrorizzato dai rimproveri di un ricco viziato, che vive di rendita!» disse Miriam alzando la voce. «Mi dica cosa le devo per questa piccola e stupida ammaccatura! Così la finiamo con questa storia, che per me sta diventando una persecuzione» disse Miriam.

«Miriam, guardi che sono venuto a portarle indietro il suo braccialetto che le è caduto andando via di fretta!» disse Nicholas e diede il bracciale a Fara. «Buona giornata» disse Nicholas e se ne andò.

«Mamma, ma sei impazzita? Non ti ho mai vista comportarti in questo modo davanti a un estraneo!» disse Simona.

«Mamma, ti sei comportata male, dovresti chiedergli scusa» disse Fara.

VI Capitolo

Quella mattina Fara e Simona, arrivarono in anticipo all'università, e incontrarono Alberto in compagnia di Manuel.

«Salve ragazze!» disse Alberto, «Non vi vediamo da quella sera alla festa!» disse Manuel.

«Ciao, siamo state occupate!» rispose Fara.

«Non volevo farti arrabbiare Simona, parlandoti di tuo padre!» disse Manuel.

«Non preoccuparti, non potevi sapere che non avevamo alcun rapporto con nostro padre!» disse Fara non molto convincente.

«Mi sono fatto prendere dall'entusiasmo di voler conoscere Gabriel Smith!» disse Manuel.

«Va bene, abbiamo capito che sei dispiaciuto, ma ora cambiamo argomento!» disse Simona innervosita.

«Manuel, ma non sei già un avvocato? Cosa ci fai qui, all'università?» disse Fara.

«No ragazze sono venuto ad assistere a qualche lezione, dovrei fare qualche lezione ai ragazzi del primo anno di giurisprudenza!» disse Manuel. Si salutarono, e Simona e Fara andarono alla lezione di diritto penale.

«Miriam, io ho tanta paura!» disse Susan.

«Di chi o di cosa hai paura?» chiese Miriam.

«Dei miei genitori e di quello che possono farmi quando tornerò a casa!» disse Susan.

«Tu a casa non tornerai più!» disse Monia, un'assistente sociale.

«Stai tranquilla, non avere paura, parlerò con il giudice!» disse Miriam cercando di convincere più se stessa che la ragazza.

«Gabriel, dobbiamo parlare!» disse Miriam.

«Non ora Miriam, dobbiamo incontrare il procuratore, è molto fredda come persona, ma forse ci può aiutare con Susan!» disse Gabriel mentre infilava un giubbotto di pelle.

«Appunto Gabriel volevo parlarti di Susan!» disse Miriam. Salirono sulla macchina di Gabriel, un fuoristrada della Yamaha, alto ma comodo, pensò Miriam. Entrarono in un ristorante dove ad attenderli c'era il procuratore. Il cameriere li accompagnò a un tavolo dove c'era una bella donna alta, bionda con gli occhi azzurri. Si accomodarono "Un Procuratore donna, e che donna!" pensò Miriam.

«Buongiorno giudice Smith, e buongiorno…!» disse la signora.

«E sì, è l'avvocato Miriam Rinaldi» disse Gabriel.

«Il Procuratore è stato chiamato al telefono, arriva subito, si scusa se tarda un po'» disse Alessandra, la segretaria del procuratore. Il cameriere portò degli aperitivi, si avvicinò Nicholas.

«Ancora lei, ma mi segue dappertutto! È diventato la mia ombra, è una persecuzione!» disse arrabbiata Miriam.

«Miriam ma cosa stai dicendo?» disse Gabriel rosso in viso.

«Lui è il motivo del mio ritardo, è l'autista di un ricco viziato e tirchio!» disse ancora Miriam.

«Ci scusi Procuratore, Miriam l'avrà confusa per qualcun altro» disse Gabriel guardando Miriam minaccioso.

«No, non mi ha confuso con nessuno, l'altra mattina la signora passava con tutti i rossi dei semafori, ed è venuta addosso alla mia macchina appena uscita dalla concessionaria!» disse sarcastico Nicholas.

«Nicholas, io non le sono venuta addosso, o meglio sì, ma andavo di fretta» disse Miriam con grande disagio.

Gabriel trascinò Miriam con una scusa, «Miriam, sei impazzita!» disse Gabriel.

«È stato un maledetto malinteso!» disse Miriam.

«Chiedigli scusa!» disse Gabriel andandosi a sedere al tavolo e lasciandola in mezzo al ristorante da sola.

"Che figuraccia, ora cosa faccio?" pensò Miriam. Ritornò al tavolo, «Chiedo scusa, Procuratore!» disse fra i denti Miriam.

«Scuse accettate» rispose Nicholas con una strana luce negli occhi. Parlarono del processo, di Susan, Alessandra verbalizzava tutto. "Quanta freddezza in quel pranzo!" pensò Miriam. "Povera moglie, se è così anche a casa" si scoprì a pensare Miriam.

L'indomani Nicholas sarebbe venuto al processo. "Che onore, Mr. arroganza sarebbe venuto in tribunale!" pensò sorridendo Miriam. Lui la guardò, come se leggesse i suoi pensieri.

«Gabriel andiamo via, ne ho abbastanza per questa sera!» disse Miriam.

Se Gabriel era il giudice di ghiaccio, Nicholas lo dovevano soprannominare Iceberg, disse ad alta voce Miriam. Nicolas sembrò sentirla, la stava guardando mentre Alessandra gli parlava gesticolando.

VII Capitolo

Alle nove incominciò l'udienza, nell'aula c'erano Simona, Fara, Manuel e Nicholas con Alessandra.

«Signor Brown, racconti cosa è successo.» disse il suo avvocato, una bionda con i capelli raccolti in uno chignon, alta magra.

«Ecco, io ero a bere tranquillo una birra, seduto su una panchina del parco, e Susan…» disse Ian Brown.

«Obiezione» disse Miriam. Gabriel la guardo.

«Perché chiama la ragazza Susan, non glielo permetto! La conosceva signor Brown?» disse Miriam disgustata solo a fare il suo nome.

«No, non la conosco, mi scusi la signorina Mater, e comunque non cambia come sono andati i fatti! Mi è saltata addosso» disse Ian che passava un braccio sulla bocca per pulirsi.

«Porco» disse Fara. Nicholas ascoltava, impassibile, sembrava che quella storia non lo toccasse minimamente.

«Pausa» disse Gabriel per placare i vocii e gli animi della giuria che sembrava molto innervosita da quella storia. Gabriel fece avvicinare Miriam al banco degli imputati, e le disse vicino a un orecchio: «Cara lo so che ti sei fatta prendere da questa ragazzina, ma devi rimanere distaccata, fredda, se no finirai per rovinare i tuoi buoni propositi.» disse Gabriel. Uscirono dall'aula per prendere un caffè al bar all'interno del tribunale. Anche

Nicholas e Alessandra erano seduti a prendere un caffè, e fecero cenno a loro di sedersi accanto. Miriam era sovrappensiero, quel signor Ian le stava facendo perdere le staffe, la provocava, aveva ragione Gabriel, doveva fare attenzione a quella specie di essere.

«Miriam, hai sentito cosa ti ho detto?» disse Nicholas accigliato.

«Non è il momento di ricordarmi cosa ho combinato alla tua macchina!» disse arrabbiata Miriam.

«Macchina?» disse Gabriel «Miriam quando finirà questo processo, prenditi qualche giorno di riposo!» disse freddo Gabriel. Alessandra la guardava con aria di compassione.

«Ti avevo chiesto se stasera insieme alle tue figlie, e se vuole anche Gabriel, venite alla mia modesta casa!» disse sarcastico Nicholas. «Ci saranno tutti gli avvocati di successo e qualche giudice.»

Gabriel rispose per lei: «Saremo molto onorati, verremo con le nostre figlie!» disse Gabriel.

Nicholas li guardò con un'aria strana: «Non sapevo che voi due foste sposati» disse con un tono strano Nicholas.

VIII Capitolo

Gabriel passò a prenderle da casa con il suo fuoristrada, Fara e Simona erano bellissime. Fara era una ragazza esile e alta, capelli castano scuro e grandi occhi verdi, aveva indossato un abitino rosso corto, con scarpe alte; Simona era più bassa e più tonda, non era in sovrappeso ma era più formosa, era anche lei molto bella, era più chiara di capelli e gli occhi verdi chiari, aveva indossato un paio di pantaloni fiorati, una maglietta bianca, e delle scarpe alte. Miriam era bionda con gli occhi azzurri, era formosa come Simona, indossò un abito nero che le arrivava al ginocchio, che le fasciava i fianchi e una scollatura sui seni.

«Che belle che siete» disse Gabriel, soffermandosi sulla scollatura del vestito di Miriam.

«Non fare il cascamorto con me! Non funziona!» disse Miriam.

«Una volta non la pensavi così» disse sorridendo Gabriel.

«Non aveva detto modesta dimora?» disse Miriam guardando l'enorme villa, con un giardino immenso che la circondava per tutto il suo perimetro.

«Wau!» disse Fara.

«Se non fosse così grande per me, lo sposerei, è anche bello» disse Simona.

«Ragazzine, è vecchio per voi!» disse ridendo Gabriel.

«Per noi forse sì, ma per la mamma!» disse Fara guardando con complicità la sorella.

«Quelle due sognano a occhi aperti, non è per noi il signor Iceberg» disse Miriam.

«Mamma, fra signor ghiaccio e signor Iceberg tutti tu li trovi!» disse Fara ridendo.

«Buonasera, il signor Nicholas è nella sala con la signorina Alessandra che vi aspetta!» disse una signora più larga che alta. Entrarono in una sala immensa, illuminata da enormi lampadari di Swarovski, la sala era gremita, Nicholas li vide e gli andò incontro.

«Come siete belle, signore» disse Nicholas soffermandosi a guardare Miriam. Miriam arrossì .Fara e Simona si guardarono con uno sguardo di intesa.

"Cosa stanno complottando, quelle due pestifere?" pensò Miriam. Gabriel ballava con Alessandra.

«Non perde tempo il paparino» disse Fara sarcastica.

«Ragazze, smettetela! Ha il diritto di rifarsi una vita» disse Miriam.

«Tuo marito si dà da fare» disse Nicholas.

«Non è mio marito» disse Miriam un po' tesa.

«Siete una coppia moderna» disse Nicholas mangiandola con gli occhi.

«Non ti riguarda il rapporto tra me e Gabriel!» disse Miriam infastidita, e andò a bere un analcolico.

«Nicholas, giusto?» disse Fara.

«Sì, Nicholas!» rispose Nicholas incuriosito.

«Gabriel e mia madre non stanno insieme, l'ha abbandonata quando ha saputo della sua gravidanza!» disse Fara. «Lavorano insieme, io e Simona non siamo molto d'accordo, ma a mia madre sta bene così!» aggiunse Fara.

«Perché mi racconti tutto questo?» disse sorridendo Nicholas.

«Voglio essere sincera, secondo me voi due vi piacete ed è ora che mia madre esca con qualcun altro» disse Fara. Nicholas si mise a ridere.

Miriam aveva delle scarpe altissime, "Forse ho esagerato" pensò dirigendosi verso una stanza per cercare una toilette. All'interno della stanza c'era un lettino, si sedette e tolse le scarpe. "Solo un attimo" si disse Miriam, e si addormentò. Si svegliò di soprassalto, davanti a lei seduto su una poltrona c'era Nicholas che la guardava.

«Scusa, volevo solo togliere le scarpe e...» disse Miriam.

«E hai trovato comodo il mio letto per infilartici...» disse Nicholas con una luce strana negli occhi.

Miriam si infilò le scarpe: «È ora di andare di là, si chiederanno dove siamo finiti!» disse Miriam recandosi alla porta. Nicholas la bloccò con un braccio.

«Non saprei dirti se tu mi irriti, o se mi piaci» disse Nicholas baciandola. Miriam si spostò con tutte le sue forze e gli tirò uno schiaffo. Miriam raggiunse gli altri nella sala, "Mi sono cacciata nei guai" si disse Miriam. Gabriel le andò incontro: «Hai tutto il viso rosso, Miriam dov'eri?» disse Gabriel, guardando Nicholas che era appena entrato nella sala con un'aria arcigna.

IX Capitolo

Miriam non riuscì a chiudere occhio, pensò alla serata trascorsa. Gabriel le aveva accompagnate, senza dire una parola per tutto il viaggio in macchina. Erano appena le sette e si alzò, era domenica poteva rimanere a letto un pochino di più. Miriam andò in cucina a prepararsi un caffè, indossò una tuta per andare a fare un po' di jogging. Si diresse al parco, c'era già una coppia di ragazzi che correva.

«Bene, a quest'ora c'è qualcun altro, mise le cuffiette dell'iPhone nelle orecchie e gli occhiali da sole; si inoltrò nel parco, si fermò un attimo per bere un po' di acqua, un cane le venne incontro, era un pastore tedesco.

«Oh mio Dio, è enorme» disse ad alta voce Miriam, «Chi è quell'idiota che lascia in giro senza guinzaglio il cane!» disse urlando Miriam e cominciò a correre dalla direzione opposta, «Deficiente» ripeteva, inciampò su un sasso e rotolò a terra.

«Achille» una voce chiamò il cane.

«Imbecille» disse fra i denti Miriam.

«Buongiorno Miriam!» disse una voce.

«E che ci fa lui qui?» disse Miriam ad alta voce.

«Lui sarei io, e naturalmente anche l'imbecille e quant'altro» disse Nicholas serio. «Ti sei fatta male?» chiese Nicholas.

«Invece di stare lì impalato, dammi una mano ad alzarmi» disse Miriam tendendogli il braccio.

«Ma tu non conosci il "per favore" e le buone maniere?» disse divertito Nicholas.

«Vai al diavolo!» disse Miriam.

«Ci vediamo Miriam, non hai bisogno di aiuto» disse Nicholas divertito andando dal lato opposto.

Stava piovigginando, "No, ci si mette anche la pioggia, per favore mi aiuti?» disse Miriam.

«Non ho sentito, hai detto qualcosa?» disse Nicholas.

«Per favore Nicholas, mi aiuti? Ho la caviglia incastrata in questa specie di buca!» disse Miriam.

«Così va meglio, iceberg» disse lui.

"Ma è il nome che gli ho dato io! Come fa a saperlo!" si chiese Miriam. Nicholas tolse la caviglia dalla buca, e la prese in braccio.

«Ma non è necessario!» urlò Miriam. Non se lo fece ripetere e la mise per terra «Cafone!» disse Miriam.

«Achille, andiamo» disse Nicholas.

«Per favore, mi fa male la caviglia quando l'appoggio a terra, mi aiuti?» disse Miriam fra i denti.

«Sì, iceberg!» disse Nicholas prendendola in braccio. Miriam appoggiò la testa sul suo torace.

«Ehi, non ti abituare, che non sono sempre disponibile a prenderti in braccio» disse Nicholas prendendola in giro.

«Cafone» disse Miriam battendo un pugno sul suo torace.

«Stai attenta iceberg a non scioglierti» disse Nicholas, ormai erano arrivati a casa di Miriam a malincuore si scoprì a pensare Miriam. Venne ad aprire la porta Fara, che vedendo quella scena, si mise a ridere.

«Fate in fretta voi due» disse Fara, «Io l'avevo capito dal primo giorno che c'era qualcosa fra di voi!» disse ancora Fara.

«Fara, smettila» disse Miriam. «Sono caduta nel parco e Nicholas è stato così gentile a portarmi a casa!» disse Miriam.

«Fara, non vuole ammettere i suoi sentimenti per me, ma hai visto giusto!» disse Nicholas facendo l'occhiolino a Fara.

«Mettimi giù cafone!» disse Miriam.

«Rieccola, non conosce le buone maniere» disse Nicholas mettendola a terra senza delicatezza.

«Cafone, tu non conosci le buone maniere!» disse Miriam e poi guardando la figlia aggiunse «Fara, perché ridi? Cosa vedi di così divertente!» disse Miriam.

«Cosa vedo mamma, sembri una ragazzina alla prima cotta!» disse Fara. «Vuoi entrare, Nicholas?» chiese Fara.

«Sì, grazie cara, tua madre è pesante e mi sono affaticato a portarla fin qui!» disse Nicholas.

«Bene, ti preparo un caffè accomodati,» disse Fara.

«Cafone» urlò Miriam arrabbiata.

«Simona, sai Mr. Iceberg e mamma sono cotti» disse Fara. Simona entrò in cucina e vide la madre in broncio per terra, Nicholas con l'aria divertita seduto a bere il caffè e Fara felicissima.

«Ma cosa sta succedendo?» chiese Simona.

«Simona, Mr. Iceberg e tua sorella hanno fatto un complotto contro di me!» disse Miriam.

«Mamma cosa dici? Quale complotto, vi ho visti arrivare, ero alla finestra! Eri in braccio a lui che ti abbracciavi ed eri felice!» disse Simona.

«Basta, smettetela, se è un gioco, è di cattivo gusto!» disse Miriam.

X Capitolo

Fara e Simona partirono in crociera con alcuni amici dell'università. Miriam non si era mai separata dalle sue figlie, si emozionò nel vederle partire. Aveva gli occhi rossi, si mise in macchina per andare in tribunale. Fuori dal tribunale c'erano dei giornalisti televisivi.

«Avvocato Rinaldi, cosa ci dice della piccola Susan?» chiese una giornalista di una televisione locale.

«Susan è psicologicamente provata, preferisco che la ragazza non sia presente in aula» disse Miriam.

«Ci dica avvocato, lei in questo caso sta lavorando con il suo ex marito, ma fra di voi c'è di nuovo del tenero?» chiese una giornalista grassottella di una televisione regionale.

«Senta, io lavoro con il giudice Smith, siamo solo colleghi e buoni amici!» disse Miriam.

«Dicono che il giudice di ghiaccio, ha perso una bambina in un incidente, la compagna Jennifer l'ha lasciato dopo l'incidente, e solo lei lo fa sorridere!» disse un giornalista.

«Non ho niente da dire, vi ho detto tanto sul processo, adesso basta!» disse Miriam che veniva trascinata via da un braccio.

«Andiamo Miriam!» disse Nicholas.

«Grazie, ero in difficoltà!» disse in lacrime Miriam.

Nicholas la portò in un bar all'interno del tribunale, «Miriam, cosa succede?» chiese Nicholas «Non pensavo fossi ancora innamorata di Gabriel!» disse lui con uno strano tono.

"No non può essere, sembra triste" pensò Miriam. Entrarono in aula, Gabriel era freddo, "Cosa è successo?" pensò Miriam.

«Allora Susan, racconta, com'è andata?» chiese l'avvocato del signor Brown.

«Io, sono andata al parco per fare una passeggiata e sono passata davanti a quel signore» disse Susan e indicò Ian, «Mi ha chiesto se fossi sola e dove fossero i miei genitori, stava bevendo una birra, accanto alla panchina c'erano altre lattine di birra vuote, sparse in giro» disse ancora Susan.

Ian la guardò in tono minaccioso, e le disse con il labiale «Stai attenta a quello che dici!»

«L'avete visto? Le ha detto stai attenta a quello che dici!» urlò Miriam.

«Avvocato Rinaldi» disse Gabriel e la guardò freddo. «Terminiamo qui l'udienza» disse Gabriel con tono autoritario. Ci fu un gran vocio nell'aula.

Nicholas si avvicinò a Miriam, «Cosa combini Miriam!» disse Nicholas.

«Ma non hai visto!» disse Miriam.

«Sì l'abbiamo visto penso quasi tutti, ma non puoi comportarti così in aula!» disse Nicholas «Forse dovremmo pensare per il bene di Susan di cambiarle avvocato» disse Nicholas.

«Non puoi farmi questo, Nicholas ti prego» disse Miriam.

Miriam tornò a casa e si mise a letto, era sfinita fisicamente e psicologicamente. "Non possono togliermi questo processo!" disse Miriam.

«Miriam, cosa succede?» chiese Teresa, «Tuo padre è uscito a fare delle compere, mi sembra strano che tu vada di pomeriggio a dormire!» disse Teresa.

«Mamma, Gabriel e Nicholas vogliono togliermi il processo della ragazzina stuprata!» disse Miriam.

«Perché? Sempre Gabriel c'è di mezzo, non bastano i guai che ci ha procurato?» disse Teresa.

«No mamma, Gabriel dice che mi faccio prendere troppo da questo caso, e finirò per ribaltare il processo e favorire lo stupratore!» disse Miriam.

«Ed è vero Miriam?» chiese Teresa.

«Sì mamma, quando ho davanti Ian, mi agito e non riesco a trattenere le mie emozioni!» disse Miriam. Teresa andò in cucina a prepararle una tisana, quando suonarono alla porta. Nicholas entrò in camera di Miriam.

«Mamma chi è?» chiese Miriam che leggeva il suo libro di diritto penale, alzò la testa dal libro e vide Nicholas.

«Nicholas, che ci fai qui?»

«Miriam, ti fai prendere dal cuore, devi rimanere distaccata, se no siamo costretti io e Gabriel a toglierti il caso di Susan» disse Nicholas.

«Non potete farmi questo, io mi sono affezionata a Susan» disse Miriam.

«Miriam, il problema tuo è che ti affezioni ai clienti, devi rimanere distaccata, devi metterci la testa non il cuore» disse Nicholas.

XI Capitolo

«Fara, ascolta cosa dice il notiziario!» disse Simona.

«Cosa urli, Simona!» disse Fara.

«Il Giudice Smith, ha perso una bambina di due anni, Emma, e la compagna Jennifer Simon, l'ha lasciato dopo la morte della bambina. Ecco perché al giudice è stato dato il nome di "giudice di ghiaccio". Ma sembra che sia tornato con la fidanzata dei tempi dell'università, Miriam Rinaldi, un avvocato molto stimato. Fra i due sembra sia rinato l'amore, anche perché il giudice già noto come donnaiolo ai tempi dell'università ha due figlie con l'avvocato Rinaldi.»

«Ma come si permettono?» disse Fara, Simona singhiozzò.

«Cosa significa ha perso una figlia dell'età di due anni, Fara» disse singhiozzando Simona.

«Non lo so, Simona!» rispose Fara.

«Mamma, cosa significa?» disse Fara al telefono.

«Non sto capendo Fara!» disse Miriam.

«Ascolta il notiziario!» disse Fara.

Miriam accese il televisore e ascoltò il notiziario, «Cosa stanno dicendo? Io non ho mai detto queste cose!» disse Miriam. Suonarono alla porta, era Gabriel «Sei impazzita Miriam, come ti sei permessa di parlare della mia vita privata con i giornalisti!» disse arrabbiato Gabriel.

«Io non so niente, te lo assicuro!» disse Miriam.

«Ti sei voluta vendicare? Non pensavo che avresti usato la mia bambina per la tua vendetta!» disse Gabriel e se ne andò, senza darle modo di replicare.

«Ne ho abbastanza, ultimamente sembro Fantozzi, succedono tutte a me!»

Arrivò Teresa, «Cosa voleva quel parassita?» disse Teresa.

«Mamma, non è un parassita,» disse Miriam.

«Adesso gli mettiamo persino l'aureola, lo facciamo Santo» disse sbattendo la porta Teresa.

"Ma cosa sta succedendo? Sembrano tutti impazziti!" pensò Miriam.

XII Capitolo

Fara e Simona arrivarono alle 21, all'aeroporto, Miriam le andò a prendere.

«Ciao mamma» disse Simona, Fara era dietro Simona «Ciao mamma»disse Fara.

«Ciao care» rispose Miriam.

Teresa aveva preparato delle verdure e uno spezzatino.

«Vi siete divertite?» chiese la nonna.

«Sì nonna, fino a quando non abbiamo ascoltato il notiziario!» disse Fara.

«Quale notiziario?» chiese Teresa guardando la figlia.

«Sì mamma, hanno parlato di me e Gabriel, che stiamo insieme e tutto il resto» disse Miriam.

«Che cosa sarebbe tutto il resto mamma?» chiese Simona.

«Gabriel ha avuto una compagna dalla quale ha avuto una bambina!» disse Fara.

«Quando ce lo avresti detto, mamma?» disse Simona.

«Che stanno dicendo?» chiese Teresa guardando Miriam.

«Sì mamma, e la bambina è morta all'età di due anni, per un tragico incidente!» aggiunse Miriam.

«Quale incidente?» chiese sedendosi Teresa.

«Guidava Gabriel, la bambina era dietro nel suo seggiolino, Jennifer gli era accanto, per evitare un cane è andato a sbattere contro un albero. La bambina è stata venti giorni in coma, e poi è morta. Jennifer e Gabriel avevano riportato delle fratture multiple!» disse singhiozzando Miriam.

«Mamma, povero Gabriel!» disse Simona.

«Lui dice che è stata una punizione divina, per quello che ha fatto a noi» disse ancora Miriam.

«Oh mio Dio» disse Teresa.

«Come si chiamava la bambina?» chiese Fara in lacrime.

«Emma» rispose Miriam.

XIII Capitolo

Al telefono Gabriel non rispondeva, Miriam andò a casa sua per chiarire. Abitava in una villa, con un gran giardino. Le aprì la porta un'anziana signora, "Forse la madre" pensò Miriam. Gabriel era in una stanza dove c'era un gran biliardo, lui era seduto su una poltrona con un bicchiere in mano, aveva le occhiaie e una lunga barba, "non si radeva da giorni" pensò Miriam.

«Gabriel, come stai?» chiese Miriam.

«Cosa ci fai qui?» chiese Gabriel.

«Dobbiamo parlare, non puoi bere e trascurarti in questo modo, sei un giudice!» disse Miriam.

«Io ho già una madre!» rispose Gabriel.

«Se vuoi che le tue figlie ti accettino, non devono vederti in queste condizioni!» disse Miriam.

«Era così piccola, la mia Emma!» disse Gabriel.

«Non puoi riportarla in vita!» disse Miriam.

«Senza di lei, nulla ha più senso!» disse Gabriel.

«Non puoi dire questo, hai due figlie! Emma rimarrà nei tuoi ricordi, nel tuo cuore! Vai a farti la barba, muoviti!» disse Miriam. «Vieni a casa a cenare da noi, le tue figlie ti aspettano» continuò. Gabriel andò a fare una doccia, Miriam uscì in giardino per prendere una boccata d'aria e a fumare una sigaretta. Il cellulare di Gabriel suonò, era Fara: «Gabriel, la mamma è lì da te? Venite che vi aspettiamo, io e Simona abbiamo preparato la cena!» disse Fara. Gabriel, emozionato, uscì in accappatoio in giardino a cercare Miriam.

«Miriam, ha chiamato Fara, ci aspettano per cena!» disse Gabriel sorridendo.

«Sono contenta, vedrai che le cose andranno sempre meglio!» disse Miriam. Uscirono insieme dalla casa di Gabriel, fuori dal cancello c'erano due giornalisti che scattarono delle foto.

XIV Capitolo

Fara e Simona avevano preparato la cena, rosbif con le patate; Teresa preparò la torta con le mele.

«Grazie ragazze, che mi state dando la possibilità di conoscervi meglio, di frequentarvi!» disse Gabriel emozionato.

«Papà, non è facile per noi, siamo cresciute senza un padre!» disse Simona.

«Ma vogliamo frequentarti per conoscerti e magari riuscire a recuperare un po' del tempo perduto!» disse Fara.

«Lo so, non è facile, ho sbagliato, ero giovane e irresponsabile, ma dopo la morte di Emma...» disse Gabriel.

«Gabriel, ce la metteremo tutta, per trovare un equilibrio!» disse Miriam.

«Miriam, ascolta cosa dice il notiziario delle 20!» disse Teresa.

"L'avvocato Rinaldi con il giudice Smith, sono stati visti insieme, uscivano dalla casa del giudice abbracciati! Il giudice Smith ha lasciato la compagna Jennifer Roberts, per ritornare con l'ex fidanzata dei tempi dell'università, con la quale ha avuto due figlie! Come si dice? Il primo amore non si scorda mai!" disse un giornalista della rete locale.

«E ora Gabriel?» chiese Miriam.

«Non lo so Miriam, risolveremo i problemi mano a mano che si presentano, ora voglio solo passare un po' di tempo con le mie ragazze!» disse Gabriel.

«Papà, domani c'è l'udienza di Susan?» chiese Fara.

«Sì cara, povera ragazza, ha dei genitori che se ne fregano di lei!» disse Gabriel.

«A questa gente bisognerebbe impedirgli di procreare, e invece fanno figli come conigli!» disse Miriam.

«Possiamo venire in tribunale con voi?» chiese Fara.

«Sì, ma non dovete andare all'università?»chiese Gabriel.

«Papà, devi aggiornarti! Stiamo già preparando la tesi!» disse Simona.

«È vero, ho tanto tempo da recuperare!» disse Gabriel.

«Nicholas, mi aveva detto che io non dovevo fare più l'avvocato a Susan!» disse Miriam.

«Miriam, non c'è nessuna comunicazione scritta e comunque Susan è affezionata a te, e si fida solo di te» disse Gabriel.

XV Capitolo

L'udienza iniziò alle otto, l'avvocato del signor Brown Ian interrogò Susan.

«Signorina Math, può raccontare come sono andati i fatti?» chiese l'avvocato.

«Ero appena tornata da scuola, i miei genitori non erano a casa e sono andata al parco per studiare, l'indomani avevo l'interrogazione di matematica. Mi sono seduta su una panchina e nella panchina accanto a me c'era seduto il signor Brown!» disse Susan.

«Signorina Susan, può dirci com'era vestita?» chiese l'avvocato.

«Obiezione, la domanda non è attinente» disse Miriam.

«Giudice, io la ritengo attinente, perché la signorina è saltata addosso al mio cliente!» disse l'avvocato del signor Brown.

«Non è vero, giudice lui mi ha spinto in un cespuglio…!» continuò piangendo Susan.

«Lei vorrebbe affermare, che una ragazzina di dodici anni, che peserà neanche quaranta kg, è saltata addosso al suo cliente?» disse Miriam, «Lo guardi, è alto 1,80 cm e peserà cento kg!» aggiunse.

«Stavo dicendo che la signorina era vestita provocante!» disse l'avvocato dell'accusa.

«Susan è poco più di una bambina, le adolescenti si vestono tutte così! Come si permette a dire che ha provocato, appositamente?» disse Miriam. Susan dovette uscire dall'aula, accompagnata dall'assistente sociale. L'udienza fu interrotta.

XVI Capitolo

«Susan, devi rimanere tranquilla!» disse Miriam.

«Miriam, il procuratore aveva detto che forse tu non saresti stata più il mio legale, sono stata molto male solo al pensiero!» disse Susan.

Miriam l'abbracciò, poi uscì dal tribunale insieme a Fara e a Simona, incontrarono Alessandra.

«Buongiorno Alessandra, come mai il procuratore non era presente all'udienza?» chiese Miriam.

«Buongiorno, Nicholas aveva degli impegni familiari e si scusa per non aver potuto assistere all'udienza» disse Alessandra e andò via.

«Certo che la segretaria del procuratore è miss acidità!» disse Fara.

«Sì, hai sentito Fara, ha chiamato il procuratore Nicholas!» disse sarcastica Simona.

«Ragazze, la vita privata di Nicholas non vi riguarda!» disse pensierosa Miriam. «Fara, Simona, io vorrei passare da casa di Susan, che ne pensate?» disse Miriam.

«Mamma, sei un avvocato non un detective!» disse Simona. Miriam arrivò in una via malfamata.

«Mamma, dove ci hai portato?» chiese Fara.

«Sarebbe meglio andare via, ho paura mamma, come fa una povera ragazzina a vivere qui?» disse Simona. Miriam suonò al campanello della casa di Susan, non rispose nessuno, la porta era semiaperta, «Susan» chiamò Miriam, entrò in un ingresso, sul pavimento c'erano indumenti sporchi, scarpe sparse e lattine vuote di birra disseminate dappertutto, e una puzza di alimenti andati a male.»

«Oh mio Dio» disse Miriam, stava per entrare in un'altra stanza, quando sentì delle voci sempre più vicine.

«Susan, ho detto che non devi perdere tempo con queste stupidaggini, inutile andare a scuola, hai tanto da fare a casa!» disse il padre di Susan ubriaco.

«Papà, io voglio studiare, voglio diventare un avvocato bravo come Miriam!» disse Susan con un filo di voce.

«Io sono tuo padre, e decido io! Hai visto cosa hai combinato con il signor Brown?» disse il padre di Susan.

«Lui mi è saltato addosso, io ero seduta sulla panchina a studiare!» disse piangendo Susan.

«Miriam, Miriam, mancava l'avvocato con la gonna, a riempirti la testa vuota con fantasie e promesse!» disse la madre di Susan.

«Voi non mi avete mai dato amore!» disse Susan, «Io vorrei una madre come Miriam!» continuò.

«Smettila con queste stupidaggini, Miriam appartiene a un altro mondo» disse la madre.

«Non è vero!» rispose in un singhiozzo Susan.

«Mi hai stancato, vai a preparare qualcosa da mangiare!» disse il padre tirandole uno schiaffo. Miriam entrò come una furia.

«Non la devi toccare» disse Miriam, «Susan vieni via con me.»

«Io la denuncio avvocato con la gonna» disse cantilenante Jack, il padre di Susan.

«Prego, si accomodi» disse Miriam, trascinando via
da quell'inferno Susan.

«Susan, torna subito qui!» urlò Jack.

«Se te ne vai, non tornare più in questa casa! Sei
un'ingrata!» disse Lucy, la madre di Susan.

«Mamma, cosa succede?» chiese Fara spaventata.

«Metti in moto la macchina e andiamo via da questo
inferno!» disse Miriam.

«Mamma, cosa stai facendo? È sottrazione di minore!» disse Simona.

«Sono un avvocato, e so cosa sto facendo!» disse
Miriam. «Devo parlare con Nicholas!»

XVII Capitolo

«Buongiorno, potrei parlare con il procuratore?» chiese Miriam alla signora che aprì la porta.

«Un attimo, vado a chiamarlo!» disse la governante.

«Buongiorno Miriam, quale buon vento ti porta qui?» disse Nicholas.

«Nicholas, ho bisogno del tuo aiuto!» disse Miriam.

«A proposito di cosa, Miriam!» disse Nicholas.

«Ieri non c'eri all'udienza di Susan Math!» disse Miriam.

«No non c'ero, avevo altri impegni! Non mi dire, che sei venuta fin qui a dirmi questo! Ti sono mancato, Miriam?» disse Nicholas.

«Non cambi mai, sei il solito presuntuoso!» disse Miriam.

«Miriam, come al solito, sei molto gentile!» disse Nicholas.

«Volevo chiederti di aiutarmi con Susan!» disse Miriam.

«Sei sempre tu il suo avvocato, qual è il problema?» disse Nicholas.

«Ieri ho portato Susan a casa mia» disse Miriam.

«Miriam, sei impazzita? Ma cosa hai combinato?» chiese Nicholas.

«Ieri sera sono andata a casa di Susan, per parlare con i suoi genitori, la stavano maltrattando» disse Miriam.

«Sei la solita, ti sei fatta prendere dal cuore, e io cosa posso fare?» disse Nicholas.

«Susan non deve più tornare in quella casa, e voglio essere il suo tutore!» disse Miriam.

«Va bene Miriam, vedrò cosa posso fare!» disse Nicholas.

«Io voglio che Susan venga a casa mia e che cresca con le mie figlie, darle la possibilità di avere una famiglia che le vuole bene, che sia finalmente serena!» disse Miriam.

«Con Gabriel, naturalmente!» disse Nicholas.

«Gabriel? Cosa c'entra Gabriel?» disse Miriam.

«Ho visto il notiziario, eravate abbracciati e addirittura Gabriel era con l'accappatoio!» disse Nicholas con uno strano tono.

«Nicholas!» era Alessandra.

«Sì arrivo, Alessandra! Scusami, ora ho da fare!» disse Nicholas.

XVIII Capitolo

«Susan, ti va un po' di latte caldo?» chiese Simona.

«Se non vi reco disturbo!» disse Susan.

«Noi ogni sera beviamo un tazzone di latte caldo! Non dai alcun disturbo, adesso questa è anche casa tua!»disse Fara.

«Miriam, ho paura che questo sia solo un bel sogno! Ho paura di svegliarmi e di ritrovarmi in quell'inferno!» disse Susan.

«Devi stare tranquilla, in quella casa non tornerai più!» disse Miriam.

Susan dormì nella stanza con Fara e Simona. Miriam andò a letto molto tardi, lesse il suo vecchio libro di diritto penale, cercando una soluzione per riuscire a tenere Susan per sempre con lei. Erano le sette di mattina, suonarono alla porta, andò ad aprire Miriam, era Nicholas.

«Ciao Nicholas, come mai a quest'ora? È successo qualcosa?» chiese Miriam arrossendo, perché era ancora in pigiama.

«Miriam, cosa hai addosso?» chiese ridendo Nicholas.

«Sono in pigiama, come vorresti trovarmi a quest'ora, in abito da sera?» disse Miriam.

«In abito da sera no, ma con questo pigiamone con sopra disegnati orsetti e cuoricini!» disse Nicholas ridendo.

«Nicholas, sei venuto a prendermi in giro?» disse Miriam arrossendo.

«No Miriam, promettimi che quando ci sposeremo, la notte non metterai questi pigiami strani!» disse Nicholas prendendola in giro.

«Ci sposeremo? Ma chi ti vuole sposare! Presuntuoso!» disse Miriam.

«Quando ammetterai che sei innamorata di me?» disse Nicholas.

«Cafone, arrogante e presuntuoso!» disse Miriam.

«Questo argomento lo riprenderemo un'altra volta, ora posso entrare?» disse Nicholas che era già entrato senza aspettare la sua risposta.

«Prego, fai come se fossi a casa tua!» grignò fra i denti Miriam.

«Sono venuto per Susan, allora ho messo un detective privato, per indagare sui genitori di Susan, e a quanto pare i coniugi Math, sono nel giro di spaccio della droga e piccoli furti! Le loro intenzioni nei confronti di Susan, erano di farla prostituire per portare i soldi a casa! Quindi Miriam, ho chiesto che tu sia il tutore della ragazza in attesa che venga adottata!» disse Nicholas.

«Come adottata? Me la toglieranno?» disse Miriam.

«No Miriam, se mi fai finire di parlare! Verrebbe adottata da te, naturalmente se sei d'accordo!» disse Nicholas. Miriam, presa dall'entusiasmo gli saltò al collo, abbracciandolo e lui la baciò.

«Iceberg ti stai sciogliendo» disse Nicholas stringendola più forte a sé.

XIX Capitolo

«Sorellina, Susan sveglia!» disse Fara.

«Fara è presto!» disse Simona.

«Pigrone sveglia, venite a vedere!» disse ridendo Fara.

«Cosa dobbiamo guardare? Per caso è arrivato il tuo principe azzurro con il cavallo bianco?» disse Simona.

«Non il mio, vieni!» Simona e Susan seguirono Fara, che stava guardando rannicchiata sulle scale, appoggiata alla ringhiera, «Avete visto?» chiese Fara parlando sottovoce.

«Ehi, la mamma è più sveglia di quanto pensassi! Con il procuratore, ricco e bello!» disse Simona.

«Batti cinque» disse Fara battendo la mano destra su quella di Simona.

«Cosa significa?» chiese Susan.

«Susan, lo immaginavamo da tempo che quei due se la intendevano!» disse Fara felice.

«E Gabriel? Non è vostro padre? Pensavo che Miriam e Gabriel stessero insieme!» disse Susan.

«No Susan, a mamma piace Nicholas!» disse Simona.

«Susan, prepariamoci, andiamo a fare un po' di shopping!» disse Fara.

«Grazie Fara, però non vorrei abituarmi a tutto questo, e poi cadere di nuovo nell'inferno dove ho vissuto fin'ora» disse Susan triste.

«Susan, nostra madre è uno dei più bravi avvocati, e nostro padre è un giudice! E poi ora c'è anche Nicholas!» disse Fara.

«Dai Susan preparati, dobbiamo comprare dei bei vestiti per te! Devi andare a scuola e devi essere bellissima, da fare invidia alle altre ragazzine, e spezzare i cuori dei ragazzini!» disse Simona facendo l'occhiolino. Susan era al settimo cielo, non credeva ai suoi occhi, «Ragazze siete i miei angeli, ho pregato tanto il Signore che mi togliesse da quell'inferno di vita, se vita si può chiamare!» disse Susan emozionata.

«Prendi anche questa salophette, questa minigonna, questi leggins…» disse Fara.

«Fara, ma io non ho soldi! Non mi posso permettere neanche un fazzolettino per asciugare le lacrime!» disse Susan.

«Siamo una famiglia, vivi con noi, sei nostra sorella» disse Simona.

«Il bello di essere figlia di un avvocato come nostra madre, e le figlie del giudice Smith!» disse ridendo Fara. Andarono a pranzare in un ristorantino, e tornarono a casa ormai che era buio.

«Ragazze, che fine avete fatto tutto il giorno?» chiese Teresa.

«Nonna, guarda quante cose abbiamo comprato a Susan!» disse entusiasta Fara.

«Brava Susan, ora fate una cernita dei vestiti più sgualciti e logori e sostituiteli con questi!» disse la nonna sorridendo.

«Oh mio Dio, non avrei mai creduto che potesse esistere tanta felicità!» disse Susan.

«Ragazze, sono tornata» disse Miriam «Perché mi guardate con quella faccia? Cosa state combinando voi due?» disse alle figlie.

«Niente mamma, che facce vedi?» chiese Fara.

«Di solito sei tu la mente e Simona esegue, cosa state complottando? Siete due pesti!» disse Miriam.

«Cosa vuoi che complottino, sono state tutto il giorno a fare shopping! Sono rientrate da poco!» disse Teresa.

«Mamma, per me stanno combinando qualcosa!» disse Miriam guardando le figlie. La sera passò Gabriel, per prendere le ragazze e portarono con loro anche Susan. Miriam si mise comoda in tuta e scarpe da tennis, uscì in giardino a guardare le sue rose. Nel giardino c'erano diverse varietà di rose, di tutti i colori, lei si rilassava in mezzo a quei fiori. Miriam era concentrata a sentire il profumo delle sue adorate rose e non si accorse dell'arrivo di Nicholas.

«Ciao Miriam, non saprei dirti quale rosa sia la più bella!» disse Nicholas.

«Forse quella viola» disse Miriam arrossendo per la sua vicinanza.

«A me invece piace la rosa con la tuta e scarpe ginniche!» disse Nicholas guardandola.

«Nicholas, ci stai provando?» disse Miriam a disagio.

«Miriam, Miriam! Stai sempre sulla difensiva» disse Nicholas.

«Dimmi Nicholas, perché sei venuto? Ci sono novità su Susan?» chiese Miriam cambiando argomento.

«Sì, i genitori di Susan sono agli arresti domiciliari, fino a quando non si farà il processo nei loro confronti!» disse Nicholas sovrappensiero.

«Sono contenta, bisognava dimostrare che quei due non erano in grado di fare i genitori!» disse Miriam.

«Sì, e c'è dell'altro, ti confermo che sarai tu il tutore, fino alla fine del processo, dopodiché puoi adottarla!» disse Nicholas.

«Grazie Nicholas, hai fatto tanto per Susan!» disse Miriam, «Nicholas, ti vedo un po' strano, è successo qualcosa?» chiese Miriam.

«Sì Miriam, io devo partire!» disse Nicholas guardandola.

«E dove? Per quanto tempo?» chiese Miriam con la voce tremante.

«Miriam io sono stato sposato, e sono separato da Eleonora da due anni, e voglio chiedere il divorzio definitivo!» disse Nicholas.

«Quindi, per poco tempo starai via!» disse Miriam.

«Spero di sì, il problema è che Eleonora non ha mai voluto concedermi il divorzio!» disse Nicholas.

«Perché non vuole concederti il divorzio? È ancora innamorata di te?» chiese Miriam.

«No, non è mai stata innamorata di me! È stato un matrimonio riparatore, ci frequentavamo ed è rimasta incinta!» disse Nicholas, «Eleonora era la figlia di un giudice molto importante di Torino! Il nostro matrimonio è stato un inferno, siamo rimasti tre anni sposati!» disse Nicholas.

«Hai una figlia di tre anni?» chiese Miriam.

«No Miriam, è un bambino, si chiama Christian!» disse Nicholas.

«Forse non ti da il divorzio per tutelare il figlio!» disse Miriam.

«Miriam, non è così semplice! Eleonora è una donna molto viziata, sin da piccola otteneva tutto quello che desiderava! I suoi genitori, naturalmente, hanno la loro parte di colpa!» disse Nicholas.

«Se è già benestante, perché non ti concede il divorzio, non capisco!» disse Miriam.

«Perché lei deve avere sempre di più e mi ricatta, dice che se divorziamo non mi farà più vedere mio figlio!» disse Nicholas.

«Ma cosa dice? Tu hai il diritto di vedere tuo figlio tutte le volte che vuoi! Mi stupisci Nicholas, lo sai meglio di me!» disse Miriam.

«Mi ricatta, dicendo che sono un donnaiolo, che non sono in grado a badare a mio figlio!» disse Nicholas passandosi una mano fra i capelli.

«Cosa vuol dire sei un donnaiolo?» chiese Miriam.

«Miriam, non è il momento di fare sceneggiate di gelosia!» disse Nicholas.

«Quale gelosia? Volevo solo dire che se sei un donnaiolo puoi essere comunque un buon padre!» disse Miriam con un nodo alla gola, e invece sì era gelosa di tutte le donne che lui aveva.

«Ho il diritto di rifarmi una vita, lei deve darmi il divorzio, e voglio mio figlio con me!» disse Nicholas.

«Ma cosa è successo?» chiese Miriam.

«Non siamo mai andati d'accordo, io la sera tornavo a casa solo per mio figlio! Una sera, lei venne nel mio ufficio senza avvisarmi e mi ha trovato che mi baciavo con la mia segretaria!» disse Nicholas. Era troppo per Miriam, perché le raccontava tutta quella storia, si chiese.

«Comunque sono affari tuoi, perché mi stai raccontando tutta la tua vita privata? Non credo che tu abbia bisogno di un legale!» disse Miriam innervosita.

«Mi devi ascoltare, che cosa ti sta scandalizzando tanto?» chiese Nicholas.

«La tua vita privata non mi riguarda, ora avrei da fare» disse Miriam.

«Lei non è una brava madre, non è come te!» disse Nicholas.

«Ma cosa devono sentire le mie orecchie, forse mi stai chiedendo di dare qualche lezione a tua moglie?» chiese arrabbiata Miriam.

«Quella è la porta, vai via Nicholas, chiedi aiuto ad Alessandra!»

Ritornarono le ragazze con Gabriel, «Ciao Nicholas, che faccia?» disse Fara.

«Chiedilo a tua madre!» disse Nicholas che andò via sbattendo la porta.

«Ma cosa hai combinato mamma?» chiese Fara.

«Perché te lo fai scappare!» disse Simona.

«È un donnaiolo, e basta! Non è per me! Vada a prendere in giro qualcun altro, con me non funziona il suo fascino!» disse Miriam.

«Nicholas, donnaiolo?» disse Gabriel stupito, «A me non risulta! È così freddo, e tiene distanti tutte le donne!» aggiunse ancora Gabriel.

«Aggiornati Gabriel, non sai niente della storia fra lui e la sua segretaria?» chiese Miriam.

«Penso che ti stai sbagliando!» disse Gabriel.

XX Capitolo

«Mamma, stasera noi andiamo al compleanno di Filippo, viene con noi Susan!» disse Fara uscendo dalla doccia.

«State attente a Susan, è poco più di una bambina!» disse Miriam preoccupata.

«Mamma staremo attaccate a lei, li conosciamo tutti, sono tutti bravi ragazzi!» disse Simona.

«Mamma, perché non esci pure tu?» chiese Fara.

«Ho un forte mal di testa, non me la sento di uscire! Guarderò un po' di televisione e andrò a dormire presto!» disse Miriam.

«Susan sei molto bella!» disse Simona. Susan aveva indossato un vestito a fantasia bianco e nero, corto, i capelli li aveva tagliati in un bel caschetto.

«Ehi principessa, sei bellissima!» disse Miriam abbracciandola.

«Grazie mamma! Scusami Miriam!» disse Susan.

«Se ti fa piacere mi puoi chiamare mamma!» disse Miriam.

«Se non ti da fastidio, io vorrei chiamarti mamma! Io una mamma non l'ho mai avuta!» disse Susan.

«Non mi fare piangere Susan, forza ragazzina, vai a divertirti!» disse Miriam.

Alla festa c'erano anche Alberto e Manuel, «Ehi ragazze, ci si rivede!» disse Alberto.

«Ultimamente non siamo molto uscite, stiamo preparando la tesi, e abbiamo avuto un po' da fare in famiglia!» disse Fara.

«E la ragazza chi sarebbe?» chiese Manuel.

«È nostra sorella, Susan!» disse Simona.

«Non sapevamo che avevate un'altra sorella, più piccola vero?» disse Manuel.

«Sì, è stata adottata da mia madre!» disse Fara.

«Molto bella, farà girare la testa a molti ragazzini!» disse Alberto.

«Simona, ma è vero che tua madre è tornata con Gabriel Smith?» chiese Manuel.

«Vorrei ricordarti che Gabriel Smith, è mio padre!» disse Simona arrabbiata.

«Sei strana, ti arrabbi sempre, l'altra volta ti sei arrabbiata perché ho detto che Gabriel è tuo padre, ora ho detto semplicemente Gabriel Smith, e tu mi dici che è tuo padre! Sai cosa ti dico Simona, mi piacevi eppure tanto, ma cerca di stare in pace prima con te stessa! Ciao Simona!» disse arrabbiato Manuel e andò via.

«Cosa è successo Simona?» chiese Alberto.

«Non ho mai visto Manuel in questo stato!» disse Silvia. Simona andò a cercare Manuel era già vicino alla sua macchina, «Manuel, aspetta! Possiamo parlare?» chiese Simona.

«Dimmi Simona!» disse Manuel.

«Scusami! Noi non siamo cresciute con un padre, e ora che stiamo dando la possibilità a Gabriel di conoscerci e di frequentarci, non è semplice per noi!» disse Simona.

«Hai ragione, non è semplice!» disse Manuel. Simona si avvicinò a Manuel per abbracciarlo e lui la baciò.

«Susan, ti stai divertendo?» chiese Fara.

«Sì, per me è tutto nuovo! Ho ballato tantissimo, mi sono molto divertita!» disse Susan, Alberto ballò per tutta la serata con Fara.

«Stasera che ti ho ritrovato, non ti lascio per tutta la serata!» disse Alberto.

«Solo per questa sera, Alberto?» chiese Fara con una voce sensuale.

«No, per tutte le sere della nostra vita!» disse Alberto.

«E allora cosa aspetti a baciarmi?» chiese Fara e lo baciò.

Miriam era sdraiata sul divano a guardare la televisione, non riusciva a seguire il film, pensava a Nicholas, a quello che le aveva detto, che voleva rifarsi una vita, sicuramente con Alessandra pensò. "E faceva il cascamorto anche con me!" pensò Miriam. "Sono nei guai, sono cotta di lui!" si disse.

«Mamma, parli da sola?» chiese Fara.

«No, pensavo ad alta voce!» disse Miriam.

«E di chi saresti cotta?» chiese Fara.

«Di nessuno! Com'è andata la serata?» chiese Miriam.

«Bene! Io ho ballato per tutta la serata! Fara si è baciata con Alberto, e Simona con Manuel!» disse Susan.

«Caspita, allora vi siete divertite!» disse Miriam.

XXI Capitolo

«Miriam, siamo alla fine del processo!» disse Gabriel.

«Finalmente, io voglio che Susan stia tranquilla! Deve dimenticare tutto, compreso il processo!» disse Miriam.

«È vero Miriam, quella ragazzina sembra già un adulta, per tutto quello che ha passato!» disse Gabriel. «Miriam, sono venuto anche per un altro motivo! Sto frequentando una donna, e mi piacerebbe farvela conoscere! Stasera a cena da me?» disse.

«Hai bisogno della nostra approvazione? Gabriel, hai il diritto di rifarti un'altra storia!» disse Miriam.

«Jennifer mi ha fatto molto male, proprio quando avevamo più bisogno di rimanere uniti, lei mi ha abbandonato!» disse Gabriel amareggiato.

XXII Capitolo

«Ragazze, siete pronte? Dobbiamo andare!» disse Miriam.

«Sì mamma, Susan si sta vestendo!» rispose Simona.

«Vi aspetto in macchina, sbrigatevi!» urlò Miriam. Miriam in macchina accese la radio, "I coniugi Math sono stati arrestati, per spaccio di sostanze stupefacenti, e per maltrattamenti su minore! Susan, una ragazzina di dodici anni, finalmente ha trovato una famiglia adottiva, la famiglia dell'avvocato Rinaldi, avvocato difensore della signorina Math! Tutto questo grazie all'aiuto del procuratore Nicholas Friendly. La bella avvocatessa ha toccato il cuore del procuratore!" disse un giornalista.

«Ma sono impazziti, io avrei rubato il cuore di quella specie di iceberg?» disse a voce alta mentre entravano in macchina le ragazze.

«Mamma, il cuore di chi, avresti rubato?» disse ridendo Fara.

«Fara, c'è poco da ridere, di Nicholas!» disse Miriam.

«E dove sarebbe la novità! Io l'avevo capito da subito!» disse Fara felice.

«Fara! Sei impazzita! Cosa stai farneticando?» disse Miriam, mentre andavano da Gabriel.

«Chi è la donna misteriosa di papà?» chiese Simona.

«Non lo so ragazze, comportatevi bene, soprattutto tu Fara!» disse Miriam.

«Sì mamma».

Gabriel aprì la porta «Ben arrivate care» disse Gabriel abbracciando le figlie.

«Papà quanto mistero! Chi è la fortunata che ha rubato il tuo cuore?» chiese Fara.

«Fara non ricominciare a fare cupido!» disse Miriam. Entrarono in una grande sala da pranzo e la donna era di spalle, "Non male" si disse Fara. Si girò, era Alessandra, "Che ci faceva la segretaria e amante di Nicholas?" si chiese Miriam furibonda.

«Ciao Alessandra, sei venuta anche tu a conoscere la donna misteriosa di Gabriel?» chiese Fara sarcastica.

«Fara, cosa stai dicendo?» disse Gabriel.

«Papà, chi è la fortunata?» chiese Simona.

«Sediamoci» disse Gabriel.

«Va bene papà, non capisco perché hai invitato anche Alessandra, lei non fa parte della famiglia, è solo una segreteria!» disse Fara infastidita.

«Alessandra è la mia fidanzata!» disse Gabriel.

«Cosa stai dicendo? Ma non doveva sposarsi con Nicholas?» chiese Miriam.

«Ma chi ti mette queste strane idee in testa, Miriam!» disse Gabriel.

«Nicholas ha detto che aveva una storia con la sua segretaria!» disse Miriam.

«Forse si riferiva a Eva, la segretaria che c'era prima di me!» disse Alessandra.

«Ma ha anche detto che chiedeva il divorzio da sua moglie per risposarsi, pensavo con te!» disse Miriam pensierosa.

«Io non so chi deve sposare Miriam, ma te lo assicuro non sono io!» disse Alessandra perplessa, Gabriel la guardò e disse: «Miriam, giungi sempre a conclusioni sbagliate!» disse Gabriel.

«Mamma, cosa vuole dire?» chiese Simona, Miriam non rispose, forse Gabriel aveva ragione. Gabriel per l'occasione aveva fatto arrivare un Catering, tutto molto buono.

«Gabriel, hai detto a Miriam del processo?» disse Alessandra.

«Sì, che i coniugi Math sono stati arrestati, e che Susan finalmente sarà adottata da Miriam!» disse Gabriel.

«Domani si saprà il verdetto e gli anni che daranno a quella specie di…!» disse Alessandra.

«Alessandra, signor Ian Brown!» disse Gabriel ridendo.

«Veramente chiamarlo Signore….!» disse Fara.

«Lo sappiamo tutti che non è un signore, ma c'è una ragazzina, controlliamoci a non usare vezzeggiativi, poco consoni!» disse Gabriel.

XXIII Capitolo

«Ragazze è tardi, alzatevi, io devo andare in tribunale! Oggi il grande giorno!» disse Miriam,

"Sempre in ritardo" si disse Miriam premendo il piede sull'acceleratore.

«Signora, il semaforo è rosso!» urlò una signora che era stata superata al semaforo.

«Mi scusi!» disse Miriam, «Oh no, non scattare di nuovo rosso!» disse Miriam passando di nuovo con il rosso.

«Criminale!» gridò una vecchietta che si era vista sfrecciare la macchina in velocità.

«Ah questa volta è arancione, ce la faccio, davanti a lei c'era un Mercedes nero, si fermò, il semaforo era di nuovo rosso, si guardò allo specchietto, «Che occhiaie, se continuo a non dormire per pensare a Nicholas...». «Ah ecco, è verde» e andò a sbattere sul Mercedes.

«Oh no, mi scusi!» disse Miriam scendendo dalla macchina.

«Signora, invece di truccarsi in macchina, impari a guidare!» disse un uomo scendendo dalla macchina.

«Mi scusi» disse Miriam guardando il danno che aveva fatto alla macchina.

«Miriam!» disse Nicholas.

«Nicholas!» disse Miriam.

«Tu passi sempre con il semaforo rosso?» chiese una donna scendendo dalla Mercedes.

«E questa chi è? Una tua nuova fiamma?» disse Miriam.

«Miriam, lei è…» disse Nicholas.

«Non mi interessa chi è! Devo andare!» disse Miriam interrompendo Nicholas, «Donnaiolo! Lo dovevo conoscere proprio io! Presuntuoso, playboy, e…» disse ad alta voce Miriam premendo il piede sull'acceleratore.

«Miriam, sei tutta rossa in viso!» disse Gabriel.

«I racconti a dopo!» disse Miriam nervosa.

L'aula era gremita di gente, c'era il signor Ian Brown.

«La corte ha deciso» disse Gabriel, «Il verdetto è: l'imputato, Signor Ian Brown, colpevole per reato di stupro su una minorenne, pertanto la corte ha deciso trent'anni di reclusione!» disse ancora Gabriel. Ian cominciò a urlare che era innocente, che l'avrebbe fatta pagare a Miriam una volta uscito dal carcere.

«Portatelo via!» disse Gabriel agli agenti. Miriam vide Nicholas con quella donna, "Ora se le porta anche in tribunale!" si disse Miriam. Nicholas stava stringendo la mano a Gabriel, e ora stava andando verso di lei.

«Io e te dobbiamo parlare!» disse Nicholas con un tono freddo.

«Senti, io con te non ci parlo. Per la macchina, non ti preoccupare pagherò i danni!» disse Miriam allontanandosi da lui.

«Miriam, non voglio fare sceneggiate in pubblico, andiamo a parlare!» disse Nicholas raggiungendola e prendendole un braccio.

«Senti dittatore, noi non abbiamo niente da dirci!» disse Miriam.

«Invece abbiamo tanto da dirci» disse Nicholas trascinandola fuori da occhi indiscreti. Entrarono in un bar fuori dal tribunale, presero un caffè.

«Ti ascolto!» disse Miriam.

«Perché ti comporti sempre come una bambina che fa capricci?» disse Nicholas.

«Devo stare ad ascoltare anche i tuoi insulti? Muoviti, cosa devi dirmi? La tua amica si ingelosirà!» disse Miriam.

«Sembrerebbe una scenata di gelosia Miriam!» disse Nicholas divertito.

«No, mi sto solo preoccupando che sei sparito dall'aula lasciando da sola la tua fidanzata!» disse Miriam.

«Grazie che ti preoccupi per me!» disse Nicholas scoppiando a ridere.

«Questo è troppo!» disse Miriam alzandosi per andare via.

«Siediti Miriam» disse Nicholas trattenendola per un braccio.

«Ma cosa vuoi da me Nicholas? Non ti bastano i tuoi trofei? Mi dispiace, io non sarò uno dei tuoi trofei!» disse Miriam arrabbiata.

«Ha ragione Fara, tu giungi sempre alle tue conclusioni! Credi di sapere sempre tutto di tutti!» disse Nicholas.

«Sto perdendo la pazienza Nicholas, cosa hai da dirmi?» chiese Miriam arrabbiata.

«La donna che era in tribunale con me è mia sorella Luisa, è un avvocato anche lei! Mi ha dato una mano a divorziare da Eleonora e a riprendermi mio figlio Christian!» disse Nicholas.

«Bene ora che hai ottenuto quello che hai voluto puoi spostarti con Eva! Volevi i miei auguri? Auguri Nicholas!» disse Miriam in lacrime.

«Eva? E che c'entra Eva ora!» chiese Nicholas.

«Io pensavo che fosse Alessandra, invece Alessandra è fidanzata con Gabriel!» disse Miriam.

«Alessandra? Eva?Ma che idea ti sei fatta su di me!» disse Nicholas.

«Tu mi avevi detto che volevi il divorzio per risposarti, poi mi hai detto che Eleonora ti aveva trovato con la tua segretaria! E ho pensato che fosse Alessandra ma Alessandra mi ha detto che forse ti riferivi a Eva, la segretaria che avevi prima di lei!» disse Miriam guardandolo.

«E quindi sei arrivata alla conclusione che era Eva che dovevo sposare! Miriam!» disse Nicholas stringendole la mano.

«E allora chi è?» chiese Miriam abbassando la testa.

«Sei tu!» disse Nicholas.

«Se mi prendi in giro, stavolta non ti perdono!» disse Miriam.

«Sei una giamburrasca, ma ti amo anche per questo!» disse Nicholas sorridendo. Miriam non se lo fece ripetere e gli mise le braccia al collo, tutti li guardavano ma a Miriam non importava.

«Ti sei sciolta finalmente!» disse Nicholas. Miriam lo abbracciò forte per paura che scappasse. Le ragazze li aspettavano fuori da casa.

«Loro sapevano tutto?» chiese Miriam a Nicholas.

«Mamma, io l'ho sempre saputo!» disse Fara.

«Stasera abbiamo un po' di cose da festeggiare, il nostro matrimonio, il verdetto per quel criminale e Susan sei già nostra figlia a tutti gli effetti!» disse Nicholas.

«Grazie Nicholas!» disse Susan abbracciandolo. Arrivarono anche Luisa con Christian, e Gabriel con Alessandra. Fu una bellissima serata.

«Nicholas sono molto felice, per quanto staremo separati?» chiese Miriam.

«Domani, avvocato, ci sposeremo civilmente, la corte ha deciso!» disse sorridendo Nicholas.

«Agli ordini Procuratore» e si baciarono.

«Batti cinque Susan!» disse Fara. Susan l'abbracciò.

«Anche io ho la mia bella favola da felici e contenti» rispose Susan.

INDICE

Finito di stampare nel mese di Luglio 2017
per conto di Youcanprint *Self-Publishing*